Navidad estelar de Dora

por Christine Ricci
ilustrado por A&J Studios

SIMON & SCHUSTER LIBROS PARA NIÑOS/NICK JR.
Nueva York   Londres   Toronto   Sydney

Basado en la serie de televisión *Dora la exploradora* ™
que se presenta en Nick Jr.®

SIMON & SCHUSTER LIBROS PARA NIÑOS
Publicado bajo el sello editorial de la División Infantil de Simon & Schuster
1230 Avenue of the Americas, New York, New York 10020

Publicado originalmente en inglés en 2005 con el título *Dora's Starry Christmas* por Simon Spotlight, bajo el sello editorial de la División Infantil de Simon & Schuster.
Traducción de Argentina Palacios Ziegler
Primera edición en lengua española, 2005
2 4 6 8 10 9 7 5 3 1
ISBN-13: 978-1-4169-1183-8
ISBN-10: 1-4169-1183-9

Era el día de Nochebuena y todo el mundo en la casa de Dora estaba entusiasmado con la celebración. El hermanito y la hermanita de Dora esperaban ansiosos a que Dora les contara la historia de Santa y sus renos.

—En un lugar lejísimo, en una juguetería en el Polo Norte, vive un viejito alegre llamado Santa— empezó Dora.

—¡Uuuuu!— arrullaron los bebés.

Dora continuó: —Cada Nochebuena, los renos voladores de Santa vuelan por todo el mundo con el trineo para que Santa entregue los regalos.

¡En ese instante se oyeron resoplidos frente a la puerta!
—¿Qué será eso?— se preguntó Dora.

¡Todo el mundo corrió a la entrada y pudo ver el trineo de Santa y los ocho renos voladores aterrizando en el patio delantero!

—*Help me, please!* Necesito que me ayuden— dijo Santa.

—¡Aaachisss!— estornudaron los renos.

Santa explicó que los renos se habían resfriado.

—Si mis renos no están en las mejores condiciones, no puedo volar alrededor del mundo para entregar los regalos. ¡Mis sorpresas de Navidad se van a malograr!— se lamentó Santa.

—Yo puedo ayudar a que los renos se mejoren— dijo Diego. Entonces abrigó a cada reno con una manta calientita y les hizo una rica sopa de zanahorias.

—¡Ahora sólo necesitan descansar un poco y estarán como nuevos!— dijo Diego.

—¿Pero cómo va a volar mi trineo sin los renos?— se preguntó Santa.

Dora sabía que Santa necesitaría ayuda para hacer todas las entregas de Navidad. De pronto se le ocurrió una idea.

—¡Las estrellas exploradoras pueden hacer volar el trineo y salvar la Navidad!— exclamó ella.

—¡Estrellas exploradoras, vengan enseguida!— las llamó Dora. —¡Necesitamos que nos ayuden!

Ocho estrellas exploradoras volaron del resplandeciente bolsillo de Dora y se engancharon en el trineo de Santa.

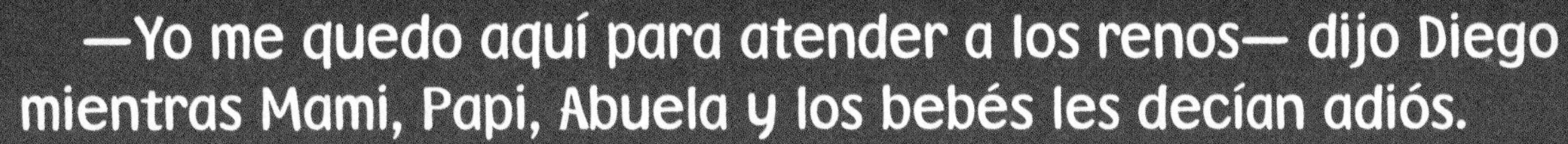

—Yo me quedo aquí para atender a los renos— dijo Diego mientras Mami, Papi, Abuela y los bebés les decían adiós.

—¡Arriba, arriba y nos vamos!— dijo Santa mientras las estrellas Supra, Ultra y Mega hacían uso de su fuerza para llevar el trineo a lo alto del cielo nocturno.

Con la ayuda de la estrella Rocket, el trineo voló más velozmente que nunca jamás. A poco llegó a la primera parada. Santa les pidió a Dora y Boots que le ayudaran a entregar los regalos a las ballenas, los peces y las tortugas del océano.

—¡Feliz Navidad a todos!— dijo Boots mientras él y Dora echaban al agua los regalos.

Luego las estrellas exploradoras hicieron volar el trineo hasta la montaña más alta. Saltador ayudó al trineo a dar un salto mayúsculo hasta la cima para que Santa y sus ayudantes dieran regalos a todos los animales de las montañas.

Entonces Saltador dio un salto súper espectacular para entregar un regalo a la luna mientras que la estrella Helada transformaba la arboleda en una tierra de maravillas.

Toda la noche las estrellas exploradoras llevaron el trineo a todos los pueblos pequeñitos y las grandes ciudades. El trineo aterrizaba en los techos para que Santa y sus ayudantes llenaran las medias y entregaran regalos a cada animal, niña y niño.

Tuvieron cuidado para no olvidar a nadie . . . ni siquiera al pequeñísimo ratoncito.

En camino a entregar regalos en el bosque tropical, las nubes taparon la luna.

—No veo nada— dijo Santa. —Necesito más luz.

—No se preocupe— dijo Dora. —¡La estrella Glowy puede ayudar!

Así que la luz de Glowy fue súper brillante.

—¿Ahora sí puede ver en el bosque?— preguntó Dora.
—¡Ahora sí veo!— dijo Santa mientras guiaba el trineo hacia las copas de los árboles.

Después, las estrellas exploradoras llevaron el trineo a un establo, un jardín y una casita de árbol.

—¿Pueden buscar los regalos de Benny, Isa y Tico?—preguntó Santa. Dora y Boots buscaron por el trineo hasta que encontraron unos regalos especiales para sus amigos.

—¡Y hasta hay un regalo para Swiper!— exclamó Dora.

—Me imagino que a Swiper le gusta muchísimo la Navidad— dijo Boots con una risita cuando vio a Swiper en su madriguera.

Por fin, al amanecer, Santa guió el trineo de regreso a casa de Dora. ¡Santa se puso muy contento porque los renos se sentían mucho mejor!

—Gracias por atender a mis renos y hacer las entregas de Navidad. Nunca hubiera podido hacerlo sin todos ustedes—dijo Santa.

Entonces metió la mano en su bolsa casi vacía y sacó un regalo súper especial para sus ayudantes.

Cuando abrieron el regalo encontraron una hermosa cajita de música.

—Esta cajita de música siempre les hará recordar la noche qu ayudaron a salvar la Navidad— dijo Santa.

—*Thank you!*— exclamaron Dora, Boots y Diego.

—¡Ahora, a celebrar!— dijo Santa con gran regocijo.

—¡Lo hicimos!— dijo Dora alegremente. —*Merry Christmas!* ¡Feliz Navidad!